CAMPAGNE

DE

GAUCHER DE PASSAC

CONTRE

LES ROUTIERS DU SUD-OUEST DE LA FRANCE

1384-1385

PAR

Edmond CABIÉ

(Extrait de la Revue du Tarn, 1901)

ALBI
IMPRIMERIE NOUGUIÈS
33, Rue de l'Hôtel-de-Ville, 33

1901

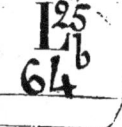

CAMPAGNE

DE

GAUCHER DE PASSAC

CONTRE

LES ROUTIERS DU SUD-OUEST DE LA FRANCE

1384-1385

CAMPAGNE

DE

GAUCHER DE PASSAC

CONTRE

LES ROUTIERS DU SUD-OUEST DE LA FRANCE

1384-1385

PAR

Edmond CABIÉ

(Extrait de la Revue du Tarn, 1901)

ALBI

IMPRIMERIE NOUGUIÈS

33, Rue de l'Hôtel-de-Ville, 33

1901

CAMPAGNE DE GAUCHER DE PASSAC

CONTRE LES ROUTIERS DU SUD-OUEST DE LA FRANCE

1384-1385

Les populations de notre région ont été rarement plus
éprouvées et plus malheureuses que pendant le dernier
quart du xive siècle.

Tandis que l'on avait toujours à supporter les levées de
troupes et de subsides, nécessaires au soutien de la guerre
contre les Anglais, des bandes de routiers s'établirent dans
divers châteaux, situés dans l'Albigeois et les autres con-
trées voisines, et durant de longues années ne cessèrent de
courir les campagnes et d'y commettre toute espèce de rapines et de cruautés. Les habitants des villes, incapables de
s'opposer par la force aux entreprises de ces bandes, furent
obligés de traiter avec elles, et ce ne fut qu'en leur payant
de grosses contributions qu'ils obtinrent la liberté de circu-
ler sur les chemins, de transporter leurs marchandises et de
recueillir les récoltes de leurs domaines.

En même temps la plupart des grands seigneurs se faisaient la guerre pour vider leurs querelles privées, et, à un
certain moment, il arriva même que le gouvernement du
Languedoc fut disputé entre le duc de Berry et le comte de
Foix, dont les partisans se mesurèrent dans divers combats,
et notamment dans celui qui eut pour théâtre les environs
de Rabastens.

Toutes ces hostilités et ces divisions intestines auraient
déjà suffi à elles seules pour réduire les populations à l'état
le plus misérable, et pourtant elles ne constituent qu'une
partie des maux qui s'abattirent alors sur le pays. En effet,
les classes populaires, complètement épuisées par l'accrois-

sement des impôts et par la gêne de l'agriculture et du
commerce, se livrèrent de leur côté à de sanglantes insur-
rections, essayant ainsi de se venger des officiers royaux
et des principaux bourgeois, qu'elles accusaient d'être les
auteurs de leurs souffrances et de leur ruine. Mais toutes
ces émeutes furent sévèrement réprimées, et, en fournissant
au gouverneur de la Province l'occasion de faire exécuter
un grand nombre de coupables et d'imposer d'énormes
amendes sur les villes rebelles, elles ne firent qu'augmenter
la détresse générale ou la rendre encore plus douloureuse.

Cependant les routiers conservaient la plupart des châteaux dont ils s'étaient saisis. Quelques expéditions entreprises contre eux n'avaient eu que de faibles résultats ; et,
pour obtenir l'éloignement de ces ennemis, il fallut recourir à des négociations et racheter, à prix d'argent, les places
qui étaient tombées en leurs mains. Les comtes d'Armagnac employèrent pendant plusieurs années leur influence
à la poursuite de ce but ; mais la tâche était remplie de difficultés, et ce ne fut que vers 1397 que le Toulousain, l'Albigeois, le Rouergue et le Quercy furent entièrement délivrés
des Compagnies de routiers qui les désolaient depuis si
longtemps.

Durant cette longue période, les mortalités avaient consi-
dérablement réduit le chiffre des habitants, les limites des
terres cultivées avaient reculé de tout côté devant l'enva-
hissement des friches et des bois, les bêtes fauves s'étaient
multipliées à l'excès (1), la production agricole et indus-
trielle avait fini par ne plus répondre qu'aux besoins indispensables, et partout le dénuement et la misère avaient
remplacé la prospérité et l'abondance de la première moitié
du même siècle.

C'est au milieu de toutes ces calamités que se produisi-
rent les épisodes dont nous allons nous occuper dans cet

---

(1) Comme ces animaux infestaient le pays et détruisaient les récoltes, les populations obtinrent pendant plusieurs années la liberté de
leur faire la chasse. Voyez Compayré, *Etudes histor. sur l'Albigeois*, p.
227 ; Dufour, *La commune de Cahors au moyen-âge*, p. 160 ; Lacoste,
Histoire de la province de Quercy, III ; p. 311 ; Rumeau, *Invent. des arch.
de Grenade* (Hte-Garonne), série II, n. 54 ; etc.

article. Ces épisodes datent des années 1384 et 1385 (1), et ne sont autres que ceux qui ont marqué la campagne que Gaucher de Passac, capitaine général en Languedoc, entreprit alors contre les Compagnies de routiers.

Nous connaissons surtout les opérations militaires de ce capitaine par la relation que l'on en trouve dans les *Chroniques* de Froissart (2). Malheureusement on sait que, si l'œuvre du célèbre chroniqueur se recommande par ses qualités littéraires, elle est loin d'offrir dans toutes ses parties l'exactitude rigoureuse qui doit être la première condition de tout travail historique. Non content d'avoir composé lui-même les dialogues tenus par les personnages qu'il met en scène, Froissart n'a pas hésité à imaginer des circonstances ou des détails qui lui paraissaient de nature à orner sa narration. Mais ce qu'il y a de plus regrettable, c'est que dans une foule de cas il a négligé de marquer la date précise des principaux faits et qu'il a plus ou moins dénaturé les noms de personnes et surtout les noms de lieux.

Tous ces divers genres de défauts se retrouvent dans le récit de la campagne de Gaucher de Passac, et les altérations de noms propres y sont même tellement prononcées que D. Vaissète n'a pu reconnaître aucune des huit à dix localités qui sont citées comme ayant été le théâtre des événements. Nous croyons, malgré cela, qu'en étudiant minutieusement le texte de Froissart, et en utilisant les documents diplomatiques relatifs à la même période, il est possible de dissiper quelques-unes des obscurités que nous venons de signaler, et même de contrôler et de compléter assez souvent les renseignements fournis par le chroniqueur. Depuis longtemps déjà, nous avons, pour notre part, essayé de remplir cette tâche; et, quoique les résultats obtenus jusqu'ici offrent encore plusieurs lacunes, il nous a

(1) Cette seconde année pourrait être suivie d'un signe de doute. Nous l'indiquons seulement parce que quelques-uns des faits que nous aurons à citer appartiennent *peut-être* aux premiers mois de 1385; toutefois ce qui est bien sûr, c'est que la plupart d'entre eux sont de 1384.

(2) *Les Chroniques de Jean Froissart*, tome II, p. 439 et suiv. Nous employons, dans le présent travail, la seconde édition donnée par Buchon, qui est la seule que nous ayons eue jusqu'ici à notre disposition.

paru qu'ils étaient cependant suffisants pour être soumis à l'appréciation des lecteurs de cette *Revue*.

En 1384, la région qui s'étend de la Bigorre au Rouergue se trouvait, pour ainsi dire, à la discrétion des routiers anglais ou français. Ceux-ci, établis depuis longtemps à Lourdes, à Castelculier et à Carlat (1), s'étaient emparés successivement d'un grand nombre de châteaux dispersés dans le Rouergue, le Quercy, l'Albigeois et le Toulousaïn, et, en s'appuyant sur ces forteresses, ils avaient pu étendre de tout côté leurs rapines et leurs méfaits, n'accordant un peu de repos aux populations que lorsqu'elles consentaient à traiter avec eux et à leur payer des tributs (2).

Convaincus que le pays ne pouvait rester plus longtemps dans une aussi triste situation, les sénéchaux de Toulouse et de Carcassonne demandèrent au roi de prendre des mesures indispensables à la protection de ses sujets, et ce prince envoya alors sur les lieux Gaucher de Passac, en lui donnant pour mission de chasser les routiers de leurs principales retraites. « Pour telles manières de gens pillards et robeurs qui faisoient, en la marche de Toulouse et de Rouergue, guerre d'Anglois, fut envoyé messire Gaucher de Passac (3) à (*c'est-à-dire* avec) une quantité de gens d'armes et

(1) Lourdes (Hautes-Pyrénées), — Castelculier, canton de Puymirol (Lot-et-Garonne), — Carlat, canton de Vic (Cantal).

(2) A cette époque, dit Froissart, « il y avait sur les frontières de Toulouse et de Rabestan (*corr*. Rouergue) plusieurs compagnons aventureux, lesquels étaient tous issus de Lourdes et Chastel-Cuillier, qui faisoient guerre d'Anglois et tenoient les forts qui s'ensuivent : Saint-Forget, la Boussée, Pulpuron, Cremale, le Mesnil, Rochefort, le Dos-Julien, Navaret et plusieurs autres; dont ils avoient si environné la bonne ville de Toulouse, que les bonnes gens ne pouvoient aller hors labourer vignes ni terres, ni éloigner Toulouse pour aller en leurs marchandises, fors en grand péril, si ils n'étoient attriévés ou mis en pactis avec eux. Et de tous ces chastels étoit souverain capitaine un appert homme d'armes de Bescle (*c'est-à-dire* du pays Basque), Anglois, qui s'appeloit Espaignolet. » *Chroniques*, p. 439.

(3) Au lieu de *Gaucher*, Froissard écrit toujours *Gautier*; mais, comme le prénom de Passac est bien connu et que la faute du chroniqueur ne fait que gêner inutilement la lecture, nous rétablissons partout dans son texte la forme *Gaucher*. — Le même auteur appelle ce chevalier « grand capitaine et bon de gens d'armes, » et ajoute qu'il était « de la nation de Berry et des frontières de Limousin. » *Chroniq*., 439.

de Gennevois à Toulouse pour délivrer le pays des ennemis. Et s'en vint à Toulouse ; et fit là son mandement des
chevaliers et escuyers de là environ, et escripvit devers
messire Roger d'Espaigne, le sénéchal de Carcassonne,
lequel le vint servir ; car messire Gaucher avoit commission
générale sur tous les officiers de la Languedoc ; pourquoi
cils qui escripts et mandés étoient venoient à ce qu'ils
avoient de gens. Si vint le dessus dit messire Roger à 60
lances et à 100 pavois, et le sénéchal de Rouergue (1) à
autant, et messire Hugues de Froideville (2) autant et plus.
Si se trouvèrent bien ces gens d'armes, quand ils furent
tous assemblés, environ 400 lances et bien 1,000 portant
pavois que gros varlets. Encore y étoient le fils au comte
d'Estarach (3) à belle compagnie, le sire de Barbesan (4),
messire Bénédict de la Faignole et Guillaume Cauderon,
Breton, et sa route ».

Le récit de Froissart, auquel nous venons d'emprunter ce
passage, ne fixe pas l'époque précise où Gaucher se rendit
dans le Toulousain. Mais celui-ci était sans doute arrivé
dans cette région vers la fin du mois de mai au plus tard ;
nous lisons, en effet, dans un document des archives d'Albi
que « le capitaine, envoyé par le roi pour la garde du pays, »
se trouvait à Gaillac le 5 juin, et nous ne doutons pas que
cette indication ne se rapporte à notre personnage (5).

Froissart nous apprend que Gaucher de Passac, après
avoir réuni son armée à Toulouse, alla assiéger les châteaux de Saint-Forget, de la Boussée, de Pulpuron et de
Cremale, occupés par les routiers. Cet auteur ne parle pas
du château de Penne qui était également au pouvoir des
Compagnies. Cependant il est certain que le capitaine géné-

(1) Le sénéchal de Rouergue était alors Arnaud de Landorre.

(2) C'est-à-dire le sénéchal de Toulouse.

(3) Corr. *Astarac*, comté situé en Gascogne, et dans l'ancienne sénéchaussée de Toulouse.

(4) Probablement le célèbre Guill. Arn. de Barbazan, ; en 1384, son
père était sénéchal de Quercy. Conf. Cathala-Coture, *Hist. de Querci*,
III, 228 ; Lacoste, *Hist. de la prov. de Quercy*, III, 282,; et *Revue de
Gascogne*, XV, 103 et suiv., XXXIII, 555 et suiv.

(5) Archiv. commun. d'Albi, BB 17, délib. à lad. date.

ral de l'armée royale se préoccupa de cette place et qu'il fit
au moins divers préparatifs pour s'en emparer.

Le siège de la forteresse était résolu dès le 23 mai 1384,
car un sergent de Montgiscard, près de Toulouse, destiné
à prendre part à ce siège, fit alors son testament, dans la
crainte d'être tué par les Anglais (1). On sait aussi que vers
le milieu du mois d'août les habitants des villes de la
région furent assemblés à Gaillac, sous le commandement
de Gaucher de Passac, capitaine général en Languedoc, et
du sénéchal de Toulouse, pour aller assiéger le même château ; toutefois il paraît que ces troupes furent congédiées
au bout de cinq jours (2). Il est probable qu'il fut reconnu
que la prise de cette place exigeait trop de temps ou offrait
trop de difficultés, et que l'on crut qu'il était préférable de
recourir aux négociations (3).

Mais revenons au texte de notre chroniqueur, et suivons
l'armée de Gaucher se dirigeant vers les châteaux de Saint-
Forget, de la Boussée et de Pulpuron (4).

(1) Archiv. des notaires de Toulouse, Protocole de R. Esquirol, net.
de Montgiscard, f. 206. Testament de Guill. Ynard, « deputatus serviens
in setio Pene Albigesii, timens illuc propter decursus et recursus gen-
tium Anglicorum, intus dictum locum de Pena existencium, mori ; »
il élit sa sépulture à Montgiscard, lieu où il fait son testament ; mais,
s'il meurt aud. siège, il veut être enterré dans l'un des cimetières situés
aux environs du château de Penne. Cet acte est du 23 mai 1384.

(2) Hist. de Lang., éd. Privat, IX, 922, 923 ; Rossignol, Monogr., comm.
du Tarn, III, 261.

(3) Les historiens du Languedoc n'indiquent pas l'époque où Penne
avait été pris par les Anglais ; mais on trouve cette date ainsi que le
nom du capitaine qui s'en empara dans l'Hist. de la province de Quercy,
par Lacoste, III, p. 276 : « Ramonet del Sort, réunissant les troupes
qu'il avait à Labouffie et dans d'autres forts, osa attaquer, vers le mois
d'octobre 1383, le château de Penne, en Albigeois, et il vint à bout de
s'en rendre maître. La prise de cette place, que l'on regardait comme
imprenable, jeta l'épouvante dans tout le pays. » — Le même ouvrage
ajoute un peu plus loin, p. 279, que Ram. del Sort était un des plus
puissants capitaines de Compagnies qu'il y eût dans le Quercy ; il avait
imposé des tributs sur un grand nombre de communes de ce pays, et
la ville de Cahors lui payait 400 l. par an. Cette contribution fut renou-
velée en 1384, par l'entremise de G. de Durfort-Duras, dans une confé-
rence que ce seigneur eut à Molières avec R. del Sort, qui se rendait
au château de Penne.

(4) Chron. de Froissart, p. 440 et suiv.

Arrivées devant Saint-Forget, les troupes françaises se préparèrent à donner l'assaut, et le second jour parvinrent à emporter la place. Gaucher fit mettre à mort les routiers de la garnison, qui avaient pour chef un Béarnais appelé le Bourg de Taillard, et il restitua Saint-Forget à son seigneur, « lequel l'avoit perdu en l'année (*c'est-à-dire* en 1383 ou 84) par sa folle garde ».

L'armée royale se rendit ensuite devant « le chastel de la Boussée, duquel Ernauton de Batefol, gascon, étoit capitaine (1). » Les assiégés repoussèrent les premières attaques avec une extrême vigueur ; mais le sénéchal de Toulouse fit représenter à Ernauton qu'il ne pouvait guère espérer de conserver sa vie qu'en rendant la place, et celui-ci consentit alors à capituler, à la condition que lui et ses compagnons emporteraient leurs bagages et seraient conduits sains et saufs jusqu'au château de Lourdes (2).

Les Français reprirent bientôt leur marche et ne tardèrent pas à se présenter devant le château de Pulpuron, « qui sied sur une motte de roche tout à l'environ et est moult joli et de belle vue. » Augerot et le Petit-Meschin en étaient les maîtres (3) ; et, comme le pays avait eu particulière-

(1) Ce capitaine était un fils du célèbre Seguin de Badefol. Voyez Labroue, *Le livre de vie* ou *Les seigneurs et les capitaines du Périgord*, p. 68, 69, 80, 253.

(2) Ce n'est pas sans de vifs regrets qu'Ernauton abandonna La Boussée. Voici, en effet, les paroles qu'au moment de son départ, il aurait échangées avec Guill. Alidiel, un ancien compagnon d'armes qui se trouvait dans l'armée de Gaucher : « Sachez, Guillaume, que je me pars envis (*c'est-à-dire* malgré moi) de mon fort, car il m'a fait moult de biens. Depuis la prise où je fus pris au pont de Tournay, dessous Mauvoisin, du Bourg d'Espaigne, où il ot de moi pour rançon 2,000 francs, à voir dire je les ai bien ci-devant recouvrés et outre, et grandement. Je aimois celle frontière ; car quand je voulois chevaucher, trop souvent je trouvois bonne aventure qui me sailloit en la main d'un marchand de Rabestan ou de Toulouse ou de Rhodès : je ne chevauchois sans doute point à faute que je ne prisse quelque chose. » Guillaume répondit : « Ernauton, je vous en crois bien ; mais, si vous voulez tourner François, je vous ferai tout pardonner et donner 1,000 francs en votre bourse. » — « Grand mercis, Guillaume, dit Ernautón ; mais ce parti ne vueil-je pas, car je demeurerai encore Anglais. Je ne saurois, si Dieu m'aist ! jamais être bon François. » *Chron. de J. Froiss.*, p. 441.

(3) Sur le second de ces capitaines voir : Labroue, *ouvr. cité*, 74 et

ment à souffrir de leurs brigandages, Gaucher jura de s'emparer à tout prix de la forteresse et de faire main basse sur
tous ceux qui la défendaient. Il fit dresser une sorte de tour
de bois mobile, destinée à protéger ses arbalétriers, et ordonna de la faire avancer contre les remparts ; mais les
routiers, informés de sa résolution, s'étaient déjà échappés
pendant la nuit en suivant un long souterrain qui allait
déboucher au milieu d'un bois. Ils se retirèrent pour la plupart dans les autres places que les Compagnies tenaient
dans le Rouergue, le Limousin et le Périgord. Gaucher put
entrer ainsi dans le château sans opposition, et, après y
avoir mis une garnison, il décida de se porter avec son
armée devant Cremale.

Tel est le résumé de ces premières expéditions, d'après
les renseignements qui nous sont fournis par Froissart.
Rien dans l'œuvre du chroniqueur ne vient préciser la situation des lieux, lesquels sont indiqués simplement, d'une
manière assez vague, comme se trouvant « en la marche de
Toulouse et de Rouergue. » Mais, lorsqu'on connaît l'histoire et la géographie de l'invasion des routiers dans le
Quercy, on ne tarde pas à se convaincre que c'est bien à
cette province qu'appartiennent les trois localités en question.

Ainsi que nous allons le montrer, la première n'est autre
que Saint-Cirq ou Saint-Cirguet, dans le canton de Caussade
(Tarn-et-Garonne) ; la seconde doit répondre à Labouffie ou
Saint-Paul-Labouffie, dans le canton de Castelnau (Lot) ; et
la troisième à Pechpeyroux, dans la commune de Cézac,
même canton.

Le lecteur remarquera facilement que si ces noms offrent
certaines différences avec ceux de Froissart, cela tient surtout à ce que les copistes ont confondu les s et les f qui,
comme l'on sait, avaient autrefois la même forme. Ainsi, il
n'y a pas lieu de douter qu'à la place de Saint-Forget et de
la Boussée, les manuscrits ne portassent primitivement
Saint-Sorget et la Bouffée. Si l'on n'adoptait pas ces deux

suiv.; et mieux *Hist. de Lang.*, IX, table, vᵒ Perrin de Savoie. D'après
D. Vaissète, le Petit-Meschin avait été noyé à Toulouse, en 1369.

corrections, il serait impossible de retrouver dans nos pays,
et parmi les conquêtes des routiers, des noms un peu ap-
prochants de ceux qui sont donnés par le chroniqueur ; tandis que, ces corrections étant admises, on voit que, sans être
entièrement semblables, les noms que nous comparons
offrent des ressemblances suffisantes pour que leur identification ne puisse soulever de difficultés (1).

Mais le système que nous défendons ne se justifie pas
seulement par des raisons philologiques ; il a encore l'avantage de s'accorder avec les renseignements de géographie
et d'histoire fournis par les documents locaux.

C'est ainsi que les localités dont nous avons fixé la posi-
tion se trouvent exactement dans une partie du Quercy que
nous savons avoir été visitée à la même époque par Gaucher de Passac. Saint-Cirguet, Labouffie et Pechpeyroux
sont placés, en effet, entre les villes de Négrepelisse et de
Cahors, et nous avons des documents qui nous apprennent
qu'en 1384 ce capitaine passa dans ces deux villes à la tête
de ses troupes (2). Il y a donc tout lieu de penser que c'est
à l'époque où il se rendit à Négrepelisse et à Cahors qu'il
exécuta les opérations militaires racontées par Froissart.

Il est sûr d'ailleurs que les trois localités en question
furent occupées par les routiers, et que Laboufflie et Pechpeyroux furent même, pendant plusieurs années, au nombre de leurs principales forteresses.

On a vu que, d'après Froissart, les Compagnies n'auraient
surpris Saint-Cirguet qu'en 1383 ou 1384 ; cependant nous
trouvons qu'en 1380 ou 81 ce château était occupé par les
Anglais, qui ravageaient les environs et notamment le ter-
ritoire de Saint-Antonin. Les habitants de cette ville essayè-
rent, avec l'aide des Toulousains, de repousser leurs incur-

(1) Au surplus il n'est pas étonnant que Froissart, qui écrivait en
français, ait plus ou moins défiguré des noms appartenant au proven-
çal, c'est-à-dire à une langue qui lui était étrangère. La forme *Pulpuron*, qui paraît être la plus altérée, peut s'expliquer cependant par la
forme intermédiaire *Peyperon*, que nous trouvons dans un texte de
l'époque. Voir *Hist. de Lang.*, X, 1884.

(2) *Hist. de Lang.*, IX, 923, et X, 1740 ; Lacoste, *Hist. de la proc. de
Quercy*, III, 277.

sions (1) ; mais ils.ne purent les chasser de Saint-Cirguet qui est encore cité en juin et en septembre 1383 comme étant toujours soumis aux routiers (2). Rien ne s'oppose, dans ces conditions, à ce que ce lieu ait été attaqué par Gaucher, et on peut même ajouter que cette attaque est d'autant plus admissible que l'on sait que ce capitaine se rendit avec son armée à Négrepelisse, et que cette ville n'est éloignée de Saint-Cirguet que de 8 à 10 kilomètres.

Ce n'est guère qu'en 1381 que les Compagnies anglaises paraissent s'être emparées de Labouffie et de Pechpeyroux; toujours est-il qu'en cette année Ramonet del Sort et Bertrand de Rustang étaient les maîtres de la première de ces places, tandis que Jean de Seryail commandait dans la seconde. Ces capitaines faisaient dès lors des incursions dans tout le pays, et, pour se mettre à l'abri de leurs attaques et de leurs brigandages, les habitants de Cahors furent obligés de leur payer des contributions. Nous avons déjà

(1) *Hist. de Lang.*, IX, 892, et X, 1750. Dans les lettres du sénéchal publiées par M. Molinier, les lieux occupés par les Anglais ou par les Compagnies sont appelés : *de Brosia, de Sto Euqueto, de Folerio, de Cassanha, de Brosia*, etc.; mais dans le texte des mêmes lettres, que l'on trouvait aux archives de la sénéchaussée, on lisait : *de Boffla, de Sto Cirgueto, de Solerio, de Caussada, de Brosa*, etc. (Collection Doat, vol. 146, f. 289). Ces dernières leçons sont évidemment les plus correctes, car ce sont les seules qui répondent à des localités situées dans la région de Saint-Antonin.

Ajoutons que si *St-Cirq* est le nom actuel du village ou château qui nous occupe, c'est cependant la forme *St-Cirguet* que l'on retrouve dans les anciens documents. *Pouillé du diocèse de Cahors*, édité par Longnon, p. 64, n. 538 ; Moulenq, *Docum. histor. sur le Tarn-et-Gar.*, II, 250, 322 ; *Bullet. de la Soc. arch. de Tarn-et-Gar.*, XXI, 237; etc.

(2) Arch. d'Albi, BB 17, délib. du 10 juin 1383; Rouquette, *Le Rouergue sous les Anglais*, 344, 499. — On voit, dans la susd. délib. du 10 juin 1383, que le comte d'Armagnac proposait, moyennant une certaine finance, de protéger les habitants de l'Albigeois contre les routiers « de Thuria, de Janas, de las Plancas, de Rosieiras, de Gaycre, de la Boffla, de S. Sirguet, etc. » Nous avions cru autrefois que ce dernier nom s'appliquait à St-Cirgue, cant. de Valence (Tarn); mais, outre que les deux formes ne sont pas identiques, les routiers paraissent s'être bornés à occuper dans ces parages le fort d'Aygou, qui, pour être situé dans la même commune, est cependant distinct de St-Cirgue (Rouquette, *ouvr. cité*, 499 ; de Gaujal, *Etud. hist. sur le Rouergue*, II, 233 ; Coll. Doat, vol. 202, f. 148).

rappelé que c'est de Labouffie que partirent, en 1383, les bandes qui allèrent s'emparer du château de Penne (1).

Mais, en 1384, ainsi que nous l'apprennent les historiens du Quercy, les habitants de Cahors demandèrent aux seigneurs du pays de les délivrer du voisinage de ces routiers. « Le sire de Puycornet et Jean de Montagut-Granel furent les seuls que l'on trouve s'être mis en campagne en faveur de la ville. Aidés par la garnison de Montpezat, ils entreprirent dans les formes le siège du château de Laboufiie, où commandait Péricot de Roquetaillade pour Ramonet del Sort. Ils s'en emparèrent *par capitulation* et le ruinèrent de fond en comble » (2).

On voit que ces renseignements diffèrent en partie de ceux de Froissart, mais on remarquera, d'un autre côté, qu'ils s'accordent avec eux, non seulement quant à la date, mais encore quant au mode de reddition de la place. Aussi restons-nous persuadé qu'il s'agit bien dans les deux cas de la même opération militaire, et que les deux récits peuvent se compléter ou se rectifier mutuellement. Si Froissart ou plutôt ceux qui lui ont rapporté les faits se sont trompés sans doute en indiquant le nom du capitaine qui défendait Laboufiie, ils ont eu raison cependant d'attribuer à Gaucher de Passac ou à son armée la principale part dans la prise de ce château.

Le dernier historien du Quercy ne parle pas de l'attaque de Pechpeyroux ; il rappelle seulement que J. de Servail, qui était le maître de cette place, reçut en 1384 la contribution que lui payait la ville de Cahors, et il ajoute que les routiers tenaient encore ce fort en 1385 (3). Cette dernière date pourrait permettre de supposer qu'après avoir été évacué par les Compagnies en 1384, Pechpeyroux retomba peu :

---

(1) Lacoste, *Hist. de la prov. de Quercy*, III, 271, 274, 276. — Dans les textes latins et romans Laboufiie est appelé *Bofia* et *la Bofia* ; ces noms sont écrits avec un ou deux *f;* mais les éditeurs ont confondu cette lettre avec la lettre *s*. Voyez les deux notes précédentes ; *Hist. de Lang.*, X, 1687 ; *Le Rouergue sous les Anglais*, par Rouquette, 499 ; etc.

(2) Lacoste, *ouvr. cité*, III, 278.

(3) Lacoste, *Hist. de la prov. de Quercy*, III, 279, 282, 284. Conf. Rouquette, *ouvr. cité*, 344, 499, et *Hist. de Lang.*, X, 1884.

de temps après en leur pouvoir ; mais, si Froissart a pu embellir ou.peut-être même imaginer l'épisode de la fuite des assiégés, il ne semble pas possible de mettre en doute la prise de cette place par l'armée de Gaucher.

Après avoir accompli ces exploits contre les routiers du Quercy, Gaucher de Passac résolut d'aller s'emparer du château de Cremale, où commandait « un appert homme d'armes, » du pays basque, appelé Espaignolet de Paperan.

D'après les dires de Froissart (1), ce chef de routiers tenait le parti des Anglais et était « souverain capitaine » de la plupart des forteresses possédées par les Compagnies dans le Toulousain et le Rouergue. Il avait pris Cremale par escalade, pendant que Raimond, qui en avait la seigneurie, était allé à Toulouse, et il le conserva pendant plus d'un an. Durant ce temps il fit faire secrètement une galerie souterraine, qui conduisait de l'extérieur dans la grande salle du château, et rendit ensuite la place à Raimond, moyennant 2,000 francs. Mais celui-ci n'était pas encore rentré en possession de Curvale depuis quinze jours que les routiers y pénétrèrent de rechef pendant la nuit, en suivant la galerie souterraine qu'ils avaient creusée avant leur départ, et s'emparèrent de la personne du seigneur et de son château. Raimond eut encore à payer une seconde rançon de 2,000 francs pour obtenir sa liberté ; mais Espaignolet retint la forteresse « et en fit une bonne garnison qui grandement travailloit le pays, avecques les autres qui étoient de son alliance et compagie ».

C'est pour punir et arrêter tous ces méfaits que les troupes de Gaucher arrivèrent « devant la garnison de Cremale, en Rabestan (corr. Rouergue), et là s'arrêtèrent et mirent siège tout à l'environ ».

La suite du récit de Froissard est, il est vrai, un peu longue, mais elle offre trop de charme et trop d'intérêt pour que le lecteur ne nous pardonne pas de la rapporter ici textuellement : « Là voult savoir messire Gaucher au sénéchal de Toulouse et lui demanda si Cremale avoit été ancienne-

_____

(1) *Chroniques*, II, p. 439 et 444 et suiv.

ment des chastels messire Regnault de Montauban ». Il
répondit : « Oil ». — « Et donc y a dedans une croute *(c'est-
« à-dire* crypte, grotte, mine ou couloir souterrain) si comme
« aux autres ? » — « En nom Dieu, dit messire Hugues,
« c'est vérité ; croute y a voirement, et par croute le prit la
« seconde fois Espaignolet et le seigneur dedans (1) ». —
« Faites venir, dit messire Guichard Daulphin (2), qui là
« étoit à ces paroles, le chevalier à qui il est ». — « C'est
« bon, ce dit messire Gaucher de Passac ; si nous nous
« informerons à lui de la vérité ». Adonc fut appelé messire Raymond de Cremale, et lui fut demandé de la manière,
ordonnance et condition du chastel, et si il y avait une voie
dedans terre croutée, si comme il y a à la Boussée (3). Il
répondit : « Vraiment oil, car par la croute fus-je pris ; et
« l'avois condampnée grand temps à être perdue, mais les
« larrons qui tiennent mon chastel la remparèrent et me
« prirent celle voie ». — « Et savez où elle vide ni où elle
« débouche ? » dit messire Gaucher. « Oil, monseigneur,
« dit-il ; elle vide en un bois qui n'est pas trop loin de ci ».
— « C'est bien », dit messire Gaucher ; et se tut atant.

« Quant ce vint au chef de 4 jours, il se fit là mener, et
avoit en sa compagnie bien 200 gros varlets ; et s'en vint, et
messire Raymond de Cremale en sa compagnie, jusques au

---

(1) Pour éclairer ce passage, il est nécessaire de rapporter les expli-
cations que le sénéchal de Toulouse, nourri de la lecture des romans
de chevalerie, avait données à Gaucher, lorsqu'on avait découvert la
« croute » ou corridor souterrain par lequel s'étaient échappés les routiers de Pechpeyroux. Comme le capitaine général demandait si d'or-
dinaire les châteaux de la région possédaient de pareils ouvrages :
« Sire, répondit le sénéchal, de tels chastels à plusieurs dans ce pays ;
et par espécial tous les chastels qui jadis furent à Regnault de Montauban sont de telle condition : car quand lui et ses frères guerroyèrent
au roi Charlemaigne de France, ils les firent ordonner de telle façon
par le conseil de Mauguin leur cousin ; car quand le roi les assiégeoit
à puissance et ils véoient qu'ils ne pouvoient échapper, ils se boutoient
en ces croutes, et s'en alloient sans donner congé ». *Chroniq.*, II, 443.

(2) Guichard Daulphin ou Dulphe. Ce seigneur, qui assistait au siège
de Cremale, est le même qu'on retrouve dès 1390 avec le titre de sénéchal de Quercy.

(3) Corr. *Pulpuron,* car c'est seulement pour ce château que Froissart
a déjà mentionné dans son récit l'existence d'une galerie souterraine.

bois où la croute se vidoit. Quand messire Gaucher vit l'entrée, il la fit découvrir, et ôter terre et les herbes et les ronces qui étoient à l'environ. Quand elle fut bien nettoyée, il fit allumer grand foison de falots, et dit à ceux qui ordonnés étoient pour entrer dans celle croute : « Entrez là « dedans et suivez le chemin, il vous menera en la salle « du chastel de Cremale ; vous trouverez un huis, lequel « vous romprez à force ; vous êtes gens assez pour tout ce « faire et combattre ceux dudit chastel ». Ils répondirent : « Monseigneur, volòntiers ». Ils rentrèrent dedans et cheminèrent tant que la voie les amena au degré prochain de la porte par où on entroit en la salle du chastel. Lors commencèrent-ils à férir et à frapper contre l'huis de grandes guignies (*c'est-à-dire* cognées) pour dérompre et briser la porte, et étoit ainsi que sur jour faillant. Les compagnons du chastel faisoient bon guet. Si entendirent que on vouloit par la croute entrer au chastel ; ils saillirent tantôt sus et allèrent celle part. Espaignolet, qui se devoit coucher, y vint et donna conseil de jeter bois, pierres et autres choses au pertuis de la croute pour ensonnier (*ou* obstruer) tellement l'entrée que on ne la put décombler. Tantôt fut fait : autre défense n'y convenoit. Non obstant, ceux qui ens ou conduit étoient charpentèrent tant de leurs haches que la porte fut en cent pièces, mais pour ce n'eurent-ils pas délivré l'entrée, ainçois eurent-ils plus à faire que devant. Quand ils virent que c'étoit impossible d'entrer par là, si se mirent au retour en l'ost, et étoit environ mie-nuit. Si recordèrent aux seigneurs quelle chose ils avoient trouvée, et comment ceux de Cremale s'étoient perçus de leur affaire, et avoient tellement ensonnié l'entrée que par là impossible étoit d'entrer au chastel.

   « Adonc se cessa cel avis, et fut mandé l'engin où les arbalétriers se tenoient pour traire quand on vouloit assaillir, qui étoit encore à la Boussée (1). Il fut tout mis par pièces et charrié devant Cremale, et puis remis et redressé sur ses

____

(1) Corr. encore ici *Pulpuron*. Cet engin n'était autre qu'une tour de bois à trois étages, portée sur quatre roues, qui avait été construite pour abriter les arbalétriers à l'occasion du siège de Pechpeyroux.

roues, ainsi comme il devoit être et aller ; et avecques ce
on appareilla encore grand'plenté d'atournemens d'assaut ;
et quand tout fut prêt pour assaillir, messire Gaucher de
Passac, qui désiroit à conquérir le chastel et ville de Cremale, fit sonner trompettes en l'ost et armer toutes manières de gens et traire chacun en son ordonnance, ainsi
comme il devoit être. Là étoit le sénéchal de Toulouse avec
ceux de sa sénéchaussée d'un côté ; d'autre part étoit messire Roger d'Espaigne, sénéchal de Carcassonne, avecques
ceux de sa sénéchaussée. Là étoient le sire de Barbesan,
messire Bénédict, le sire de Benac, le fils au comte d'Este-
rac, messire Raymond de Lille et les chevaliers et écuyers
du pays, et chacun en sa bonne ordonnance. Lors commencèrent-ils à assaillir de grand'volonté, et ceux de dedans à
eux défendre, car ils véoient bien que faire leur convenoit,
pour ce que ils se sentoient en dur parti. Bien connoissoient
que messire Gaucher n'en prendroit nul à merci ; si se vou-
loient vendre tant comme ils purent durer. Là étoient arbalêtriers gennevois qui traioient de grand'manière, et
tapoient ces viretons si au juste parmi ces têtes, que il n'y
avoit si joli qui ne les resoignât (1) ; car, qui en étoit atteint,
il avoit fait pour la journée, et l'en convenoit du mieux
reporter à l'hôtel.

« Là étoit messire Gaucher de Passac tout devant qui y
faisoit merveilles d'armes à son pouvoir, et disoit aux compagnons : « Et comment ! seigneurs, nous tiendront meshuy
« celle merdaille ! Si ce fussent jà bonnes gens d'armes, je
« ne m'en émerveillasse mie, car en eux a plus de fait que
« il ne doit avoir en tels garçons comme il y a là dedans.
« C'est l'intention de moi que je vueil dîner au fort. Or
« aperra si vous avez volonté d'accomplir mon désir. »

« A cès mots s'avançoient compagnons qui désiroient à
avoir grâce, et assailloient de grand'volonté. On prit échel-
les à foison à l'endroit ou le grand engin étoit, auquel les
Gennevois arbalêtriers se tenoient, et furent dressées contre
le mur. Lors montèrent toutes manières de gens qui mon-

(1) *Viretons*, flèches ; *joli*, joyeux, gai ; *resoignât*, redoutât.

ter purent ; et arbalêtriers traioient si roidement et si ou-
niement que les défendans ne s'osoient à montrer. Là entrè-
rent les François par bel assaut en la ville de Cremale, les
épées en la main, en chassant leurs ennemis, desquels en
y ot morts et occis je ne sais quant, et tout le demourant
furent pris. On entra par les portes en la ville. Là fut demandé à messire Gaucher que on feroit de ceux qui furent
pris. « Par Saint-Georges ! je vueil que ils soient tous pen-
« dus ! » Tantôt à son commandement ils le furent, et Espaignolet tout devant. Si dinèrent les seigneurs au chastel, et
le demourant des gens d'armes en la ville ; et se tinrent là
tout le jour ; et rendit messire Gaucher de Passac le chastel et la ville au seigneur de Cremale, et puis ordonna d'aller autre part pour quérir aventure sur leurs ennemis.

« Après la prise de Cremale, se départirent les seigneurs
et leurs routes et se mirent au chemin devers un fort que
on disoit le Mesnil, lequel avoit porté moult grands dom-
mages et destourbiers au pays avecques les autres. Sitôt
comme ils furent là venus on l'assaillit. Ceux de dedans se
défendirent, mais plenté ne fut-ce pas, car par assaut ils
furent pris et le fort aussi, et ceux tous morts et pendus qui
dedans étoient. Quand ceux de Roies et de Rochefort, deux
autres forts d'ennemis, entendirent comment messire Gaucher de Passac ouvrait au pays et prenoit les forts et n'étoit
nul pris à merci que il ne fût mort ou pendu, si se doutè-
rent grandement de venir à celle fin, et se départirent de
nuit, ne sais par croute dessous terre ou autrement, car
encore ces deux chastels, Roies et Rochefort, sont croutés,
et sont des chastels qui furent anciennement Regnault de
Montauban ; et les François les trouvèrent tous vuis, quand
ils vinrent devant. Si en reprirent la saisine et les peuplè-
rent de nouvelles gens et de pourvéances, et puis tournè-
rent leur chemin devers le pays de Toulouse pour venir en
Bigorre. »

On est étonné que D. Vaissète n'ait pas remaqué que le
nom de Cremale n'était autre que celui de Curvalle, situé
non dans le Rouergue comme le dit Froissort, mais dans
l'Albigeois et sur la limite du Rouergue (aujourd'hui dans le

canton d'Alban, Tarn). Malgré l'altération de quelques lettres, les deúx noms ont des formes trop rapprochées l'une de l'autre pour que leur identité ne soit pas facile à reconnaître. Si l'on pouvait du reste éprouver quelques doutes au sujet du véritable théâtre de cet épisode, ils seraient bien vite dissipés par les documents diplomatiques que nous avons maintenani à mentionner.

Plusieurs auteurs ont prétendu que Curvalle aurait été pris par les Anglais dès 1380 (1); mais ils ne donnent aucune preuve à l'appui de leur assertion, et c'est seulement en 1383 que les archives d'Albi et de Rodez nous montrent ce château comme étant occupé par une garnison anglaise. Durant l'été de cette année cette garnison incendia les récoltes de blé des habitants d'Albi, et vers le mois d'octobre elle étendit ses ravages jusques dans le Gévaudan (2). Aussi voyons-nous que dès cette époque le pays vota certaines sommes afin d'engager l'ennemi à évacuer cette place, en même temps que celles de Thuriès et de Janes (3). La garnison de Curvalle était alors commandée par le bort de Galant ou plutôt de Galard, lequel ne diffère pas sans doute de Pierre de Galard. indiqué comme étant le maître de Janes dès 1382 (4).

Les Anglais détenaient encore Curvalle en mars et en avril 1384 (5), et en juillet on les voit faire diverses courses dans le Rouergue (6). Cependant on cherchait toujours à obtenir la délivrance de la place à prix d'argent, et nous avons un acte du comte d'Armagnac, daté du 16 août, par lequel ce prince reconnaît avoir déjà reçu de la ville et de

(1) Compayré, *Etud. histor.*, 347, et *Guide du voyageur dans le Tarn*, 105; *Annuaire du Tarn*, année 1874, p. 302. Voir aussi Rouquette, *Le Rouergue sous les Anglais*, 313.

(2) Compayré, *Etud. histor.*, 327; De Gaujal, *Etud. histor. sur le Rouergue*, II, 232; *Hist. de Lang.*, IX, 916.

(3) Comp., *ouvr. cité*, 261; Arch. commun. d'Albi, EE 11; Rouquette. *ouvr. cité*, 499. Conf. en outre Comp., *ibid.*, 348 et Barbaza, *Annales de la ville de Castres*, 156.

(4) De Gaujal, *ouvr. cité*, II, 232; Barbaza, 151. 20 et 21 avril.

(5) Coll. Doat. vol. 201, f. 222; Arch. comm. d'Albi, BB 17, délib. des

(6) Rouquette, *Le Rouergue sous les Anglais*, 321.

la viguerie d'Albi et aussi de la vicomté d'Ambialet une
somme de 2,000 francs, moyennant laquelle « le bort de
Galard » devait évacuer divers châteaux, et notamment
ceux de Curvalle et de Janes (1).

On peut admettre que c'est vers cette époque que les
Anglais rendirent Curvalle à son seigneur. Mais celui-ci
avait à peine repris possession de son domaine que l'ennemi parvint à rentrer de nouveau dans la place. Ce dernier renseignement, qui nous est déjà fourni par Froissart,
se trouve consigné également dans les actes des archives
de Castres. En effet, d'après ces actes, les consuls de cette
ville furent avertis par le seigneur du Travet, vers le 26
septembre, « que Gaucher de Passac, capitaine général,
était arrivé en toute hâte à Curvalle avec ses gens d'armes,
afin de s'opposer aux ennemis qui étaient de nouveau
(areyre) entrés dans ce lieu et s'étaient emparés du château. Le capitaine général avait avec lui le sénéchal de
Carcassonne, Jean d'Escroux et plusieurs autres seigneurs. »
Le seigneur du Travet demanda en même temps des vivres
pour les troupes qui assiégeaient la place, et les consuls de
Castres s'empressèrent de leur envoyer du pain, du vin et
de l'avoine (2). Le 4 octobre, un desdits consuls, qui était
allé au siège de Curvalle, étant de retour à Castres, « fit à
ses collègues la relation de ce qui s'y était passé et de la
réduction et de la délivrance du lieu » (3). De leur côté, les
archives de Millau nous apprennent que, « sur les plaintes
de la population, le duc de Berry envoya Gaucher de Passac, son lieutenant, assiéger Curvalle, » et que le 4 octobre
1384 le siège était déjà terminé (4).

Ces quelques indications, tout en étant malheureusement
un peu trop succinctes, n'en sont pas moins précieuses à
plus d'un titre. Non-seulement elles viennent confirmer sur
un point essentiel le témoignage de Froissart, mais elles

(1) Arch. comm. d'Albi, BC 17, délib. du 12 juin, et EE 11 ; Coll. Doat,
vol. 202 f. 148 ; *Hist. de Lang.*, IX, 910.

(2) Barbaza, *Annales de la ville de Castres*, p. 160.

(3) Barbaza, *ibidem*, 161.

(4) Rouquette, *Le Rouergue sous les Anglais*, 321.

nous fournissent la date de quelques uns des faits les plus saillants et elles achèvent de montrer que le lieu de Cremale est absolument le même que le château de Curvale ou Curvalle (1).

Ces constatations peuvent nous engager en même temps à accepter avec plus de confiance une partie des détails rapportés par le chroniqueur ; toutefois ont est forcé de reconnaître qu'il a commis réellement plusieurs inexactitudes. Ainsi, comme nous l'apprennent d'autres documents authentiques, ce n'est pas Espaignolet qui était à la tête de la garnison, mais plutôt le bort ou bourg de Galard, et il est sûr en outre que le premier de ces capitaines ne perdit pas la vie lors de la prise de Curvalle, puisque nous voyons que deux ans plus tard, c'est-à-dire en 1386, il tenta de s'emparer de la ville de Sauveterre en Rouergue (2).

Après avoir été ainsi repris par Gaucher, le château de Curvalle fut confié à la garde de P. de Lautrec, et ce seigneur est cité comme y tenant garnison en décembre 1384 (3) et en mai de l'année suivante (4). Vers cette seconde époque, les routiers anglais achevèrent d'évacuer les dernières forteresses qu'ils tenaient encore dans l'Albigeois, et il ne paraît pas que Curvalle soit retombé depuis en leurs mains (5).

(1) Les anciens documents écrivent ce nom tantôt avec un seul l et tantôt avec deux ; cette dernière orthographe est toutefois la plus fréquente.

(2) Rouquette, ouvr. cité, 340. — Nous regrettons de ne pouvoir dire en ce moment si l'on retrouve à Curvalle quelques traces du couloir souterrain qui aurait été creusé par les routiers. Ce que nous pouvons ajouter du moins c'est que les surprises de forteresses au moyen de ce genre de galeries se reproduisaient fréquemment dans les guerres de cette époque. Aussi voyons-nous que, dans les traités conclus pour l'évacuation des châteaux détenus par les routiers, le comte d'Armagnac avait soin de stipuler que ces ennemis ne devaient laisser dans ces places aucune mine ou galerie cachée, « e en aquelas fortalessas non laissaran aucunas minas ne autras causas per que puesco reppenre lasd. fortalessas, sino aquelas que hom pot veyre publicamens, et si deguna n'i avia els la faran mostrar aldit mossenhor lo comte, affin que lo loc no pogues esser reppres per ladita causa ». Coll. Doat, vol. 193 f. 65 et 148, et Hist. de Lang., X, 1731.

(3) Arch. comm. d'Albi, BB 17, délib. du 23 déc.

(4) Barbaza, ouvr, cité, 162.

(5) Rouquette (p. 331) cite l'arrestation d'un Anglais, de Curvalle, en

On a vu que Froissard mentionne ensuite la délivrance de trois autres châteaux appelés le Mesnil, Roies et Rochefort.

Il nous est impossible de donner l'identification du premier (1). Mais on peut proposer, au sujet du second, quelques hypothèses assez vraisemblables. Nous sommes, en effet, très porté à croire que ce château ne diffère pas du village de Rosières, qui, parmi les lieux occupés par les compagnies, est celui dont le nom paraît être le plus ressemblant à la forme Roies (2). Rosières, aujourd'hui dans le canton de Carmaux (Tarn), appartenait aux routiers ou aux Anglais en 1382 et 1383 (3), et il était également en leur pouvoir en février 1384 (4). Ces partisans ne l'avaient pas encore évacué lorsque Gaucher vint attaquer Curvalle, et, comme les deux localités sont peu éloignées l'une de l'autre, il est assez naturel de supposer que Froissart a voulu parler de cette place. — Toutefois, si l'on refusait d'accepter cette solution, on pourrait encore se demander si *Roies* ne serait pas une altération de *Rasisse* ou *Rassise*, ancien château, dans le Travet, canton de Réalmont (Tarn). Il est sûr que la graphie des deux noms offre quelques éléments assez analogues ; de plus, Rasisse se trouve placé dans la région de Curvalle et de Janes, et nous constatons qu'au mois d'août 1384, il était détenu par des gens de guerre qu'on ne saurait distinguer des routiers (5).

1385 ; mais ce renseignement manque de clarté et on ne pourrait s'y arrêter que s'il était confirmé par d'autres sources.

(1) Ce nom serait-il une altération de Massals ou du Masviel ou encore du Masnau, localités situées dans la région de Curvalle ou de Janes ?

(2) La ressemblance que nous signalons n'apparaît, il est vrai, qu'assez vaguement si compare les deux formes Rosières et Roies ; mais il est bon d'observer qu'au moyen-âge, par suite de l'emploi des abréviations, les noms latins ou français *Roserie, Roseriis, Rosères*, etc. étaient écrits simplement *Rosie, Rosiis, Roses*, etc. On n'a dès lors qu'à supposer l'oubli du signe abréviatif par un copiste pour que l'on se trouve en présence d'une forme altérée tout à fait voisine de celle de Froissart.

(3) Cabié, *Événements relatifs à l'Albigeois pendant la querelle du comte de Foix et du duc de Berry*, p. 36; Arch. comm. d'Albi, BB 17, délib. des 22 avril, 10 et 21 juin et 6 octobre 1383.

(4) Compayré, *Etud. histor.*, 348.

(5) Arch. d'Albi, BB 17, délib .du 24 août. On y voit que les gens d'ar-

La situation de Rochefort est, croyons-nous, plus difficile à découvrir. Le village de Roquefort, en Rouergue, ne paraissant pas avoir été soumis aux routiers, on pourrait être porté, il est vrai, à identifier le lieu cité par Froissart avec le château de Roquefort, dans Sorèze ; mais, outre que ce château est fort éloigné de Curvalle, ce n'est qu'en 1415 que nous le trouvons occupé par les Anglais, et rien ne nous prouve qu'il leut ait déjà servi de retraite à l'époque de l'expédition de Gaucher. — S'il était permis d'admettre que le chroniqueur a confondu ici *Rochefort* avec le château ou *fort* de *la Roque*, il serait peut-être un peu plus aisé de résoudre la question. On pourrait du moins proposer alors l'identification avec la Roque d'Arifat (dans St-Antonin, canton de Réalmont, Tarn), château qui n'est qu'à 24 kilomètres de Curvalle, et qui fut effectivement occupé par les compagnies en 1381 (1). Ajoutons que Rasisse est tout près de la Roque, et que l'adoption de notre hypothèse, au sujet de ce dernier château, serait de nature à fortifier celle que nous avons déjà émise au sujet du premier.

Les opérations que Gaucher venait d'exécuter avec tant de succès dans le Quercy et dans l'Albigeois ne constituaient cependant qu'une partie de la tâche qui lui était imposée. Il lui restait encore à arrêter les progrès des compagnies dans les environs de Tarbes.

Aussi, après être rentrés « en la bonne cité de Toulouse, et s'y être reposés et rafreschis pendant 3 jours », le capitaine général et les seigneurs de France et de Languedoc qui l'accompagnaient prirent-ils le chemin du pays de Bigorre, où les routiers de Dos-Julien et de Navaret commettaient une infinité de brigandages (2). L'armée royale, renforcée par le sénéchal du Nébouzan, mit le siège devant

mes de la garnison « de Razissa » réclamaient une indemnité à la communauté d'Albi, prétendant qu'elle avait favorisé l'évasion d'un homme de Gaillac, qui était leur prisonnier, « el temps que moss. de Beri era en aqueste pays e las dichas gens d'armas ero alotjadas als Presicadors ».

(1) Cabié, *Evénements relatifs à l'Albigeois*, etc., p. 30; *Les Gorges du Viaur*, p. 16.

(2) *Chron. de J. Froissart*, p. 445 et suiv.

le premier de ces châteaux, dont la garnison capitula au bout de 15 jours et obtint d'être reconduite à Lourdes. Gaucher se dirigea ensuite sur Navaret ; mais les défenseurs de ce fort, effrayés par la prise de Dos-Julien, n'avaient osé attendre l'attaque et s'étaient réfugiés dans le château de Lourdes, qui était leur premier repaire.

Ces opérations terminées, les Français mirent encore le siège devant « le chastel d'Aust, en Bigorre, qui sied entre les montagnes et sur la frontière de Béarn ». Les difficultés furent plus grandes que l'on n'avait cru, et les assiégeants, voyant qu'ils ne pouvaient s'emparer du donjon de vive force, et que le capitaine « ne voulait entendre à nul traité », décidèrent d'abandonner leur entreprise.

En conséquence Gaucher de Passac ramena ses troupes à Tarbes et, après leur avoir donné congé, il revint lui-même à Carcassonne ou aux environs de cette ville. C'est de là que, conformément aux nouveaux ordres du roi, il repartit peu de temps après pour gagner la Saintonge, pays où les Français craignaient à ce moment d'être attaqués par les troupes anglaises de Bordeaux.

Froissart n'indique aucune date pour cette campagne de la Bigorre. Il affirme seulement qu'elle eut lieu aussitôt après les expéditions du Quercy et de l'Albigeois, et il semble, d'après cela, qu'on pourrait la rapporter au deux ou trois derniers mois de 1384. Malheureusement nous n'avons aucune pièce d'archives qui vienne nous prouver l'exactitude de cette hypothèse ; et il y a parfois si peu à compter avec les affirmations de notre chroniqueur que nous n'oserons pas soutenir que la présence de l'armée royale dans les environs de Tarbes ne date pas plutôt du commencement de 1385 (1).

Quant à ce qui est des localités occupées par les routiers dans la Bigorre, nous n'avons non plus aucune autre donnée historique qui nous permette de contrôler les dires de Froissard. Ce que nous nous contenterons d'ajouter, à ce

(1) Cette dernière date paraît avoir été adoptée par Buchon, qui place en effet l'ensemble des expéditions de Gaucher sous les années 1384 et 1385 (*Chroniq.*, III, 556).

sujet, c'est qu'il nous paraît à peu près sûr que le château
de Dos-Julien correspond à Juillan, dans le canton d'Ossun
(Hautes-Pyrénées).

Telles sont les diverses opérations militaires qui furent
dirigées par Gaucher de Passac contre les routiers de notre
région. On a pu voir, par tous les détails qui ont été donnés
ci-dessus, qu'elles ne furent pas sans importance ; et cependant, par suite des altérations de noms que renferme le
texte des chroniques où elles sont rapportées, elles ont
passé le plus souvent inaperçues ou n'ont été l'objet que de
mentions inexactes. Dom Vaissette se borne à les rappeler
en sept ou huit lignes, sans pouvoir préciser aucune date
et il place les principaux de ces évènements vers le centre
de la Gascogne, tandis qu'ils appartiennent en réalité au
Quercy et à l'Albigeois (1).

Nous croyons que, malgré ses lacunes, le présent travail
permettra de tirer à l'avenir un meilleur parti de l'intéres-
sante relation que Froissart a insérée dans son œuvre.
C'est là un résultat qui sera d'autant moins à dédaigner
que l'on sait que, durant le xive siècle, notre pays est à peu
près dépourvu de sources historiques du même genre, et
que les épisodes racontés par le célèbre chroniqueur ont
l'avantage de venir corriger cette fois, au point de vue de
l'animation et du coloris des tableaux, l'insuffisance qui
caractérise la plupart des renseignements fournis par les
pièces diplomatiques.

                                        Edmond CABIÉ.

(1) Nous considérons comme superflu de nous arrêter aux identifica-
tions de lieu, qui ont été données par D. Vaissette, et qui ne s'appuient
en effet sur aucun autre document local. — Notons ici seulement que
cet auteur a eu raison de placer les expéditions de Gaucher sous l'année 1384, qui, comme on l'a vu, correspond parfaitement aux sièges de
Labouffie et de Curvalle. M. Molinier a proposé, il est vrai, de dater les
mêmes faits du mois d'avril 1385 ; mais le document qu'il cite à cette
occasion est en réalité dépourvu de millésime, et, comme il ne renferme aucune information précise et que le nom de Gaucher s'y trouve
associé à celui de G. de Neilhac, nous soupçonnons qu'il se rapporte
plutôt à d'autres évènements et très probablement au passage de ces
deux seigneurs dans le pays, lorsqu'ils se rendirent en Espagne vers
1387.

222

www.ingramcontent.com/pod-product-compliance
Lightning Source LLC
Chambersburg PA
CBHW060849180626
46818CB00004B/1635